CORTOMALTESE

科多‧馬提斯 CORTOMALTESE 在西伯利亞

原文書名	Corto Maltese in Siberia
作　　者	雨果‧帕特（Hugo Pratt）
譯　　者	賴亭卉
名詞審校	翁稷安
總 編 輯	王秀婷
責任編輯	李　華
美術編輯	于　靖
版　　權	徐昉驊
行銷業務	黃明雪

發 行 人	涂玉雲
出　　版	積木文化
	104台北市民生東路二段141號5樓
	電話：(02) 2500-7696｜傳真：(02) 2500-1953
	官方部落格：www.cubepress.com.tw
	讀者服務信箱：service_cube@hmg.com.tw
發　　行	英屬蓋曼群島商家庭傳媒股份有限公司城邦分公司
	台北市民生東路二段141號11樓
	讀者服務專線：(02)25007718-9｜24小時傳真專線：(02)25001990-1
	服務時間：週一至週五09:30-12:00、13:30-17:00
	郵撥：19863813｜戶名：書蟲股份有限公司
	網站：城邦讀書花園｜網址：www.cite.com.tw
香港發行所	城邦（香港）出版集團有限公司
	香港灣仔駱克道193號東超商業中心1樓
	電話：+852-25086231｜傳真：+852-25789337
	電子信箱：hkcite@biznetvigator.com
馬新發行所	城邦（馬新）出版集團 Cite（M）Sdn Bhd
	41, Jalan Radin Anum, Bandar Baru Sri Petaling, 57000 Kuala Lumpur, Malaysia.
	電話：(603) 90578822｜傳真：(603) 90576622
	電子信箱：cite@cite.com.my

製版印刷　上晴彩色印刷製版有限公司

城邦讀書花園
www.cite.com.tw

2022 年 7 月 5 日　初版一刷

售　價／NT$580　首刷印量／1500本

ISBN 978-986-459-413-9

Printed in Taiwan.

有著作權‧不可侵害

本書獲法國在台協會《胡品清出版補助計劃》支持出版。

Cet ouvrage, publié dans le cadre du Programme d'Aide à la Publication « Hu Pinching », bénéficie du soutien du Bureau Français de Taipei.

科多·馬提斯

CORTOMALTESE

在西伯利亞

漫畫——雨果·帕特
翻譯——賴亭卉

積木文化

「野蠻兵師」的謝苗諾夫將軍
（Generale Semenov）
外貝加爾地區（Transbaikal）
哥薩克軍

烏蘇里和黑龍江
的哥薩克軍

1920年的西伯
利亞俄國士兵

杜查（Ducha）

烏蘇里的哥薩克軍？

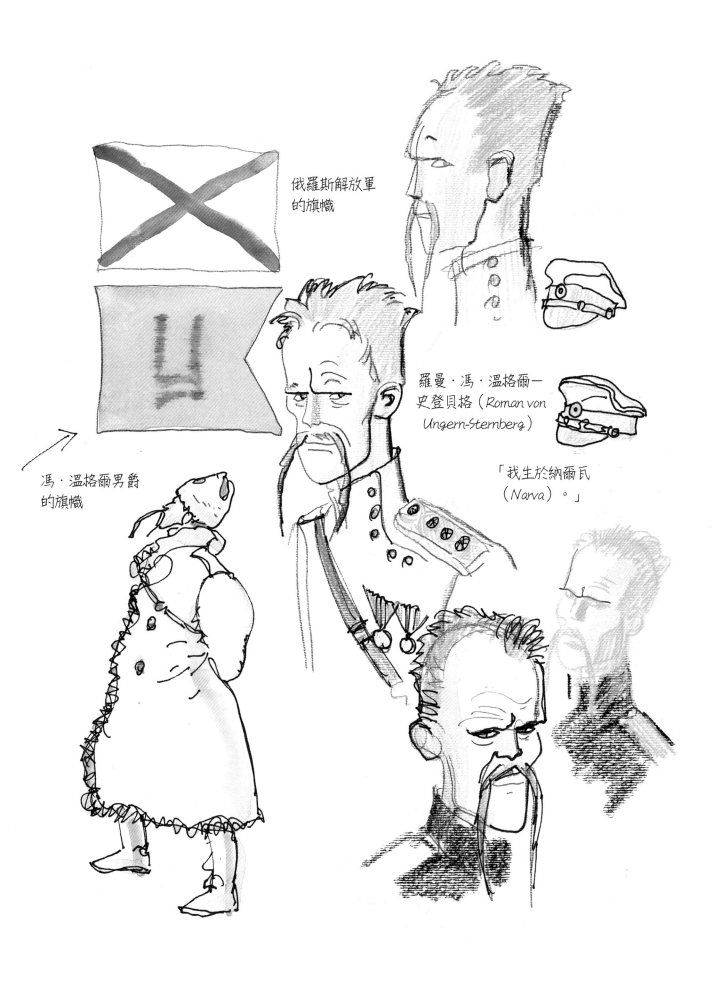

俄羅斯解放軍
的旗幟

羅曼・馮・溫格爾－
史登貝格（Roman von
Ungern-Sternberg）

馮・溫格爾男爵
的旗幟

「我生於納爾瓦
（Narva）。」

瑪麗娜・賽玫諾娃公爵夫人
（Duchessa Marina Semenova）

「黃金列車上的指揮官，
是高爾察克上將（Ammiraglio
Kolchak）。」

向左旋轉元G屬

編註：作者手稿
上的筆跡。

單耳，藏區蒙古人

布里亞特（Buriati）
的蒙古牧羊人

張將軍火車上
的俄國警官

中國警官

張將軍火車上
的蒙古軍官

布里亞特女子

導讀：名為命運的祕密庭院

　　這趟冒險之旅從威尼斯展開，或者說，由一場威尼斯的夢境拉開序幕。「名為祕密的庭院」（Corte Sconta detta Arcana）是《在西伯利亞》這一冊漫畫的原書名，直接點明了本書的創作參照。在威尼斯方言裡，「corte sconta」就是一座隱匿於街道之中的「祕密庭院」。《在西伯利亞》的敘事者告訴我們：「威尼斯有三個神奇的隱密地點」。而在本書結尾，讀者會發現這名敘事者就是科多・馬提斯本人。故事發生的其中一個地點，在老猶太區裡的馬拉尼街，因此很隱蔽。在威尼斯，冒險就是「神祕信仰」，是謎團，是預言，是書與文學。科多在此處閱讀湯瑪斯・摩爾（Thomas More）的《烏托邦》（Utopia），應該是 1518 年以威尼斯方言所書寫的版本。雨果・帕特（為科多・馬提斯）所撰寫的冒險祕密之一就是地點，更確切地說，是地點的名字。另一個祕密則是女人與她們的謎團，她們所洗的牌和丟出的牌。科多的命運操之於她們手中。《在西伯利亞》的冒險故事由「金臂」揭開序幕，由「利上海」畫下句點，都是「命定」（fatales）之女，是「命運」（fatum）之意，意在「天命」（le destin）[1]。這兩名女子，都是我們會想要愛上的女人。科多不是誘惑者，而是被誘惑的人：他是個帶著憂鬱氣質的旅行者，能言善道又身手不凡，卻老是被拒絕。在這座庭院裡，冒險的中心是西伯利亞，是 1918 至 1921 年間發生內戰的西伯利亞，是約瑟夫・凱塞爾（Joseph Kessel）與費迪南・奧森多夫斯基（Ferdynand Ossendowski）所描述的西伯利亞，是海軍上將高爾察克（Kolchak）、「阿塔曼」[2]謝苗諾夫（ataman Semenov）、羅曼・馮・溫格爾－史登貝格（Roman von Ungern-Sternberg）的西伯利亞，是紅軍的、白軍的、中國人的、蒙古人的、行駛著裝甲列車的西伯利亞。地土廣袤，毫無疑問，堪稱大陸——法國作家奧利維埃・羅蘭（Olivier Rolin）稱西伯利亞為「陸地上的公海」，非常適合像科多這樣沒有船的水手，但故事限縮在一條狹長的鐵道之上：西伯利亞大鐵路。如果說大江大河是西伯利亞的血管，那麼西伯利亞大鐵路就是那條唯一的主動脈。興建於二十世紀之交，全長九千公里的鐵路連結了莫斯科與位於滿洲的海參崴以及哈爾濱，或是經過蒙古到北京。這條「西伯利亞大鐵路」，俄國人這麼叫它，獨自在廣袤的西伯利亞劃出一道長弧，生成一篇傳奇故事。在西伯利亞戰鬥或是為了西伯利亞而戰鬥，必定意味著在她的道路上戰鬥，或是為了她的道路而戰鬥。科多會在列車上與其他列車戰鬥，哈斯普汀甚至還嘲笑他說：「你到底是水手還是鐵道員？」船、飛機、列車，共同串起了這場冒險歷程。一艘宏偉的大帆船將科多從香港帶到滿洲，遭遇了由水冷式馬克沁機關槍所引發的一

譯註 1：法文「femmes fatales」通常翻成「致命的女人」，指極具吸引力與魅惑感的危險美女。但此處導讀者運用雙關，除了暗指金臂和利上海皆是具有吸引力的女子，亦強調此處的「fatales」是「命運」的意思（拉丁文 fatum、法文 le destin），故事開頭由金臂為科多・馬提斯占卜和預言，揭開了故事的序幕，也預告了他的冒險命運；結尾則由與科多・馬提斯有著曖昧情愫的利上海畫下句點，她（或者說兩人的相遇）也差點要了馬提斯的命。
譯註 2：「阿塔曼」是哥薩克軍隊的最高軍事指揮官頭銜。

CORTO
MALTESÉ
SIBERIA
1979

RUSSO
1920

場船難，接著他搭乘友人的阿弗羅 504 雙翼偵察機漫遊空中，為了與謝苗諾夫相見，他是來自貝加爾湖（lac Baïkal）與黑龍江的哥薩克將軍，卻再次被開往外貝加爾邊境區赤塔（Tchita）的一輛裝甲列車上發射的（仍舊是水冷式）馬克沁機關槍給打斷這趟空中漫遊……冒險是一趟遠程出逃。黃金與愛情的出逃，雙雙失之交臂，命運交錯。書中人物命在旦夕：馮‧溫格爾男爵被紅軍俘虜，並且於 1921 年處決。這位戰神男爵的名字溫柔浪漫：羅曼[3]。他對於黃金無動於衷。唯有功勳與大批的軍火能讓他感興趣。他的盟友謝苗諾夫會躲到滿洲，但二十五年後在滿洲被捕、被處決——根本是蘇維埃式的耐心復仇。海軍上將高爾察克，帝制皇權的最後一位掌權者、極地探險家和共產黨人的血腥屠殺者，也將於 1920 年 2 月在伊爾庫茨克被處決。人們對於羅曼諾夫（Romanov）家族的黃金，對於（謠傳）他用裝甲列車從喀山運來的黃金，通通一無所知。數十億盧布的黃金，消失在深不可測的貝加爾湖深處，或是如同「三界之湖」[4]，微妙揉雜於歷史與虛構之間，這正是「科多‧馬提斯」系列漫畫的特色：幾乎所有內容都是真的。

科多在歷史的喧囂中踽踽而行。與其說他是革新者，其實他更像是一個惡棍，一名自由的傭兵，一位令人尊敬的惡棍。他與朋友並肩作戰，言出必行，即使有時也會遇到挫敗。歷史與地理的交會，無疑是帕特作品出采之處。虛構創作之中栩栩如生的歷史人物，不難猜測最先吸引住他的角色是馮‧溫格爾男爵。我們甚至可以想像帕特是在波蘭作家奧森多夫斯基（Ferdynand Antoni Ossendowski）的《野獸，男人，神》（Bêtes, Hommes et Dieux）一書中初識這位神祕男爵；也許這名擁護沙皇的將帥與西伯利亞和蒙古佛教之間的奇異關係令帕特感到驚奇。這名「瘋狂男爵」是「野

蠻兵師」的嗜血指揮官，也是密宗信奉者，他熟知藏傳祕密佛教經典，是出於追尋宗教願景而進行軍事行動的佛教徒。浪漫的馮‧溫格爾男爵許了一個帝國給科多‧馬提斯。但為什麼他選擇了烏爾格與蒙古，而非威尼斯的一處隱密難見、名為神祕的庭院？科多‧馬提斯注定什麼都無法擁有。他是個隱士。隱士彼此認得。與其明言帝國，勇者以互換柯立芝（Coleridge）的詩句作為相認的符號。詩是共同的土壤。文學一直

譯註 3：羅曼（Romain）與浪漫（romantique）是同個字源。
譯註 4：「三界之湖」是雨果‧帕特在書中對貝加爾湖所取的別名，加強此湖位於三個不同軍事勢力區域邊境交界處的印象。

都在，隱於各處，只待露出。這便是祕密的庭院，烏
托邦之地。即使是在最無情的戰爭裡，在最深沉的瘋
狂裡。冒險，就是文學，在帕特的筆下，也一直都是
精神性的、神祕的、密教的、難解的。

　　冒險與文學，說到底，都是人類的記憶，人類的
骨骸，人類勇氣的紀念，人類激情的墳墓，人類夢
想的溝壑。就如同希臘詩人西莫尼德斯（Simonide de
Céos）為了溫泉關的士兵雕刻在岩石上的文字：「走
吧，去告訴拉刻代蒙（Lacédémone），我們為了榮耀
他的律法而死。」帕特讓這段墓誌銘化為簡短而崇高
的語句，由馮・溫格爾男爵的口中說出：

　　「如有機會，請讓世人記得我有過悲慘的命運。」

馬蒂亞斯・艾那爾德

導讀者簡介

馬蒂亞斯・艾那爾德（Mathias Enard），法國小說家，
生於 1972 年 1 月 11 日。作品《指南針》（*Boussole*）
榮獲 2015 年法國龔古爾文學獎。

俄羅斯蘇維埃聯邦
社會主義共和國

貝加爾湖
Lac Baïkal

西伯利亞大鐵路

伊爾庫茨克
Irkutsk

上烏金斯克
Verkhnéoud

圖瓦

烏爾加
Urga

蒙古

戈壁沙漠

西伯利亞政府（高爾察克上將）	
俄羅斯	
日本帝國	日本勢力範圍
中國	中國勢力範圍
——— 邊界	
——— 鐵路	

西伯利亞政府

外貝加爾
ansbaïkalie

塔
chita

卡雷姆斯基區 Karymskoïé

哈格 Haga

達斡里亞
Daouria

波爾吉亞
Borzia

滿洲

海拉爾
Haïlar

滿洲

呼倫湖
Dalaï-Nor

西伯利亞大鐵路

滿洲鐵道

哈爾濱 Kharbin

海參崴
Vladivostok

內蒙古

奉天

日本海

韓國

北京

天津

亞瑟港
Port Arthur

山東

黃海

東海

中國

上海

（湯瑪斯·摩爾《烏托邦》）

* 編註：友愛路（Calle Amor dei Amici）位於威尼斯大運河（Grand Canal）和聖方濟會榮耀聖母聖殿（Basilica S. Maria Gloriosa dei Frari）之間。奇蹟橋（Il Ponte delle Meraviglie）位於前往威尼斯學院美術館（museo dell'Accademia di Venezia）的路上，以歷史上一位威尼斯女英雄貝拉桑卓·梅拉維利亞（Belisandra Meraviglia）命名，義大利文「Meraviglia」意即「奇蹟」。威尼斯並沒有「馬拉尼街」（Calle dei Marrani）。義大利文「Marrani」一詞意指1492年被驅逐出西班牙的西班牙裔猶太人，他們定居在威尼斯，被義大利人稱作「Marrani」。字源可能來自阿拉伯語的「maḥram」，意為「被禁止的」，後演化為「流氓」、「騙子」的代名詞。

* 譯註：紀迪歐（Manoello Giudeo），約於1260年左右出生於羅馬，是詩人、哲學家、神祕主義者（Cabaliste）。

要說故事，開頭的方式有很多種。而科多‧馬提斯和溫格爾—史登貝格男爵（這人可是個瘋子）的故事，可以從一截中斷的線開始說起，這截線在變異之書《易經》裡的意思是「否」⋯⋯

用「九」，透過改變，成為一條完全流動的線⋯⋯

陽爻變陰爻，陰爻變陽爻⋯⋯

就是這樣我們得到了那個⋯⋯那個⋯⋯我不記得那什麼卦⋯⋯

我老了⋯⋯我不記得⋯⋯啊，對了！那個卦象是叫「歸妹」，意思是「待嫁的年輕女子」。這可不是個好兆頭！

這個卦象代表新的功蹟會帶來不幸。一點都不吉利。

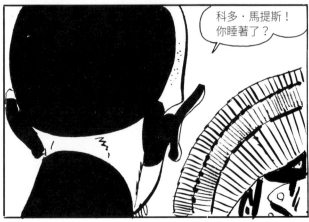

科多‧馬提斯！你睡著了？

沒。我在想威尼斯和金屑⋯⋯真抱歉。

你說待嫁的年輕女子會帶來不幸？行。所以說，我是不會結婚的。

你總是這麼愛開玩笑。易經可不是拿來開玩笑的，它啟發了孔子與老子。關於生與死，這兩位先賢知道的一定比你還多。

好啦，長壽，我會留意。

時局艱難啊，俄羅斯人在北方打仗，日本人在東邊打。祕密宗教結社也在蠢蠢欲動……

祕密宗教結社有可能變成政治團體，或是反過來。祕密社團會彼此結盟對抗外國人，像是白蓮教與三炷香、三兄弟會與十五米袋結社。

那你會怎麼做？

等黑色菱形先發了話，紅色三角形會傳給粉紅色正方形，後者再告訴白色長方形，最後再轉達給綠色圓形。

在上幾何學呀？

好啦，我要走了！謝囉，長壽。

我看起來怎麼樣？

光芒四射！香港的年輕女子將為你傾倒。

三合會也會盯著你，科多·馬提斯。

「暗夜兄弟」向你致意，也謝謝你。

歐洲大陸的戰爭結束了！
現在轉戰西伯利亞！

十萬捷克斯洛伐克士兵與奧地利軍隊逃兵共同起義反抗布爾什維克軍隊，並且占領了西伯利亞大鐵路。聯軍勢力在海參崴下船登陸，還有日軍和美軍也是⋯⋯

反對革命的俄羅斯海軍上將高爾察克自稱掌控了整個俄羅斯和西伯利亞的一大部分。那些「軍閥」在滿洲廝殺⋯⋯看來大家都是好朋友。

噢不！饒了我吧！

哈斯普汀！你在香港幹麼？

據我所知，香港不是你一個人的。

我們上次見面是在聖啟茨*，已經過兩年了。你這身風衣看起來很優雅。

這是禮物。

你還沒回答我的問題。

*譯註：聖啟茨（St. Kitts）及尼維斯（Nevis）二島位於加勒比海，共同組成一個國家「聖克里斯多福及尼維斯」（Federation of St. Christopher and Nevis），首都為巴士底市（Basseterre），位於西印度群島背風群島（Leeward Islands）西北部，東鄰安地卡暨巴布達（Antigua & Babuda），北接荷屬聖佑達修斯（Sint Eustatius）。

消失了？

哈斯普汀！

等等……他可能是躲起來要殺我。

有血？發生了什麼事？

我完全沒察覺。這怎麼可能？

怎麼辦？

水手，等等！

剛剛那個人去哪兒了？為什麼他身上有血？你們去了哪裡？您有身分證明文件？

在玩猜謎啊？

科多・馬提斯，英國人，出生瓦萊塔*，家住安地卡島。

科多・馬提斯先生，你們想在這裡找什麼？

不知道。

那就跟我們去警察局吧。

……然後貴司警察就到了。事情的經過就是這樣。

科多・馬提斯少校，您必須理解，現在情況很艱難；城裡到處都是俄羅斯的難民、冒險家、海盜、走私犯、被通緝的無政府主義者，比如跟您一起在中國區活動的哈斯普汀船長……

他被全世界一半的警察緊緊盯著。我們找他一陣子了，今天，我們在港口堵到他，跟您在一起。是碰巧或偶然嗎？

CORTO MALTESE

（科多・馬提斯）

抱歉，少校。不過身為警官，我必須對所有人都抱持懷疑。

挺好的託辭。關於我，您想知道什麼？

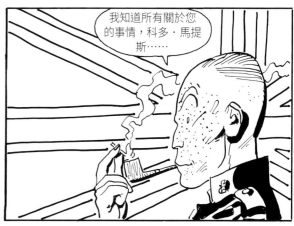

我知道所有關於您的事情，科多·馬提斯……

我知道您曾於 1905 年與 1913 年到訪中國，我知道您是某個中國祕密結社的盟友，知道您曾在南海一帶從事海盜活動，還知道您在非洲曾因殺人罪受審，不過無罪釋放。

沒想到我在貴國警局這麼出名。

我的確對某些人不太客氣，不過您不需要相信所有關於我的傳言。

只要您不犯法，就沒什麼好怕的。如果您看到您的朋友……

我可以走了嗎？這對話開始讓我覺得累了。

少校，您住哪兒？

在一個沒被餵飽的下城街區。

有很多小偷和漂亮的女人。

回家總是感覺有些奇妙。

有犯罪的味道……

啊！科多啊，你差點說出蠢話了。

我一直讀不完這本書。

你終於回來了！

很高興又見到你。全都收到了嗎？

對！不過，你啊，每次都只帶錢回來，這可不行……有時得帶個伴。不過呢，我不想嘮叨。今天很美好。

有道理。你先生去哪了，王太太？

他就快回來了……紅燈照在找你。

她們想要我做什麼？

紅燈照她們一直在找你，應該是有很重要的事情要談。她們是一群年輕又勇敢的女孩，與所有其他祕密社團作對……

我會建議你聽聽她們怎麼說。

如果她們跟所有的祕密社團作對，意思就是說，她們也跟三合會為敵。

她們不怕三合會，不過，我們聊點別的吧。

有一封你的信，今天早上送來的，還薰了香。

蝴蝶晨，
野花午，
問君，
尚在心頭否？

你可記得那日清晨的蝴蝶，記得那日午後的野花？嗯……這是什麼？另一個祕密社團？

我認為不是。你的記性一定很差。

- 32 -

哈斯普汀，狀態不太好喲？以前你擲刀可神準了。

我現在依然神準，所以你才沒死……

只是開個玩笑。

好個藉口。

你今天下午為何消失了，還留下血跡？發生什麼事？

嚇到你囉？

怎樣？

我站在這裡，你還不懂？

原因很簡單，科多，我們好多年沒有冒險了，沒有像隱匿之島和聖靈島*的那種真正的華麗冒險。你記得嗎？

哪有？我在你說話的時候躲起來，弄點小傷，想讓你以為我出了意外。我想給你點刺激，因為我很喜歡你。

你瘋啦！

我搞這齣全是為了你。

天知道活在沒有冒險、沒有幻想、沒有歡樂的世界有多慘。跟我說你懂……

我懂……

殺了你噢。

但你每次都玩到超過。

下次再殺吧！先來喝一杯。

我該接受你的好意嗎？

當然要接受了。唔，把你的刀拿回去吧。

這不是我的刀。

這不你去扔的？

我扔出去的不是這把刀。

*譯註：隱匿之島和聖靈島的故事請見《鹹海敘事曲》（積木文化）與《摩羯座下》（Sotto il segno del capricorno）。

這把刀是
你朋友
的？

是嗎？

那是誰想用這把
刀殺我？

對,那才
是我的。

這把刀是
你朋友
的？

科多‧馬提斯,紅燈照
向你問好。

紅燈照想與你談一筆重要的生
意。不知可否撥冗相助?

我不確
定。

不過你們救了我
的命,說吧。

你是否聽說過高爾
察克上將的黃金列
車,在西伯利亞?

黃金列車？沒有，從沒聽說過！

自俄國沙皇過世以後，這輛列車就運送著皇家的寶藏，故得此名。

去年在葉卡捷琳堡，高爾察克上將打著政府軍對抗革命叛軍的名號，帶走了皇家寶藏。列車現在即將開到蒙古邊境。

中國軍閥，那些滿洲的惡棍，還有西伯利亞的盟軍和祕密結社都對它很感興趣，我們也是。紅燈照負責招募人員與行動資金，還得找個掌舵之人。

科多·馬提斯，如果你願意攬下，我們就能放心了。該怎麼做你才會答應呢？

你找我談，後面的話都可以省下了。剛才說到黃金……

俄國黃金……這裡只有我是俄國人，所以我是唯一有權講話的人。

紅燈照不會浪費時間在阻擋我們道路的人身上。

我愛擋誰的道，就擋誰的道。

科多·馬提斯，我們很樂意立刻殺了他，但如果你當他是合作夥伴，那就另當別論。

這些「燈籠」不知道自己在跟誰說話！你可以跟我合夥，利用她們得到那些黃金……

你發完瘋了沒？不過的確很有趣，如果我們攬下來……

莫斯科以東，都會跟我們對著幹！

這是要給紅燈照上海分堂的指示，那裡的人可以助你抵達蒙古烏爾格。信封裡面有一千英鎊金幣。

這是訂金？

我拿指示信就好。至於錢，我之後再把帳單寄給你們。

還是這麼死性子！怎麼可以拒絕一千英鎊金幣？

聽著，若事成，這我抱持懷疑，開支和利潤就均分。我是你們的合夥人，不是你們的雇員。清楚嗎？

如果你希望如此。

「兩個合夥人，總有一個是多餘的」這不是你說的？

不是，我說的是我不喜歡奇數的合夥人。一個太少，三個太多⋯⋯

你知道她現在人在香港嗎？

誰？

她呀！

我不懂你的意思。

噢，你明白得很！「她」在這裡，但我們不知道確切地點。如果您想，我們可以幫你尋找她的下落。現在，我們該走了；黎明將至，而紅燈照屬於黑夜。

後會有期，科多·馬提斯。別擔心，她現在也許過著不一樣的生活了。

我不知道她還在這裡，科多……我曾聽說她離開去泗水了。

都是過去的事了。

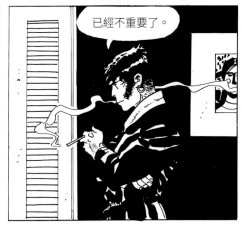
已經不重要了。

唉！又是這破事！你能不能有天別再想這些有的沒的？

科多啊，你做夢還在想流著憂愁和謊言的大海，還在追逐傳說！真是可憐的瘋子。

我給你十秒鐘走人，哈斯普汀！

你就像是釀著酒又不能喝的人，絕望得笑不出來，病得很嚴重啊！

俄國聖母救命！我要被你嚇死了！

別這麼荒唐，科多，我們可以想想別的事！

或許吧。

不過，她在這個城市……在哪裡呢？

今晚真是漫長。

你朋友不無道理,科多。紅燈照委託的任務,會讓你遇到很多想要殺你的「龍」。要小心……最美的那朵花裡也許隱藏著狠毒的詭計陷阱。

你能找到一艘載我們去上海的船嗎?

這才是我認識的科多!船已經準備好了,正等著我們。

翌日……

你還在想她?也許你不知道,我也有過一段偉大的愛情。來自尼古拉耶夫斯克的年輕女孩……

她在我還小的時候照顧我。我媽媽被驅逐到東西伯利亞當妓女,

她在我出生那天死去。

她大概一看到你就嚇死了!

再多說我媽一個字,我就殺了你!

我開玩笑的,我對你母親沒有任何意見,她一定很有責任感……

閉嘴!不然你會後悔!

這艘船真美。你從哪弄來的？

是它找上門，算我狗屎運。

太過幸運，千載也難逢！

嗯……你想說什麼？

你朋友幸運過頭了。

好好解釋！

這不是個偶然。落日赤沉宗想要除掉你們。這艘船屬於這個宗派。

他們是一群獨立匪徒，由某個不想讓你們抵達上海的人資助。

落日赤沉宗？

是的，出於傳統，他們只在日落後第一個時辰行動。赤色，是你們的血。

那你是誰？

受雇來幫你們的人。紅燈照還是三合會，對我來說都一樣。或許你也會酬謝我。

他們在船尾架了機槍。應該是被你嚇破膽，才會想用它對付你。我有這把刀就夠了。現在，離我遠一點，他們在看。

他們想殺了我們。

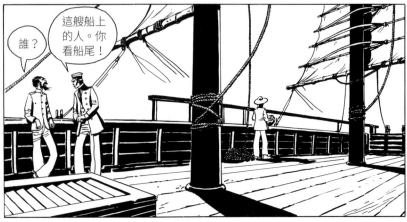

這艘船上的人。你看船尾！

誰？

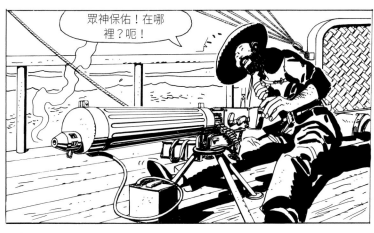

泡了這麼個冰塊澡，搞不好會得胸膜炎……

我還活著，得感謝那位紅燈照女子。

沒看到其他人。難道我是唯一得救的？

不過，我很難相信哈斯普汀會溺死……

欸你！你剛才也在那艘失火的平底帆船上對吧？

你是唯一生還者嗎？

好像是。你能不能先把槍放下？

少廢話。死白人……這裡是中國境內，可不是國際租界內的公使館。過來，帶你去見張將軍。

張將軍？

將軍，巡邏隊抓到一個白人水手。要槍斃他嗎？

現在這時間點，似乎不宜槍斃白人……

水手，過來，張將軍同意與你談話。

將軍，您好，抱歉打擾了。

方才我聽說您在一起頗為神祕的船難中被救了上來……

您在這艘中國船上做什麼呢？難道是來探索黃海的異國風情？這海危機四伏，有成群海盜，又被狂風侵襲。

還是您的錢不夠，搭不起更好的船？怎麼稱呼您呢？

科多·馬提斯。

科多·馬提斯……科多·馬提斯，那個海盜……

也就是說，您是個冒險公子哥，還是「西方冒險家」？可真虛偽。您知道我們有位共同朋友嗎？

您讓我真驚訝啊，將軍。是誰呢？

上海首富，宋家。

宋先生！

或者應該說，宋葳莉小姐？在宋家，人們常常提到您，科多·馬提斯少校。遇到了我的巡邏隊，您很幸運，我會安排讓人帶您順利抵達上海。

我只有幾個問題想問您。您是來中國找人的嗎？找一個女人？

將軍，這問題有點太私密，不過……

您大可放心，我不是為了宋葳莉小姐而來的。

啊！那麼，是為了某件事？或許……是為了黃金列車？

我恐怕不明白您的意思……

啊！這就奇怪了。最近許多人都不知道為了什麼原因就死了，真是難以置信！

啊！茶來了！單耳很會泡茶。少校，您想喝茶嗎？

單耳？

是的，單耳是西藏僧侶。他聽了不該聽的事，所以被割掉一隻耳朵。不過他真的很會泡茶。

我又瞎又聾又啞，就像「小三猿」*。

喀咔！

這人嘛，是個不知道「三不猴」故事的人。您可以走了，科多·馬提斯少校，再見！

將軍，您為什麼放他走呢？

為什麼呢？

很簡單。各種酷刑都比不上他能帶給我的，因為他會帶我找到黃金列車！

*譯註：小三猿，也稱「三不猴」，是三隻分別用雙手遮住眼睛、耳朵與嘴巴的猴子雕像，意喻「不見、不聞、不言」，方為睿智。在世界上許多地方都有類似的寓言故事和雕像作品。

應該在這附近……

再見

香港的紅燈照給我的地址就是這裡:「桑拿與田林夫人的寓所」。這裡的人應可助我前往滿洲的哈爾濱吧。

你好,來份中式午餐?廂房?或女人?還是全部都來?

只需與寓所主人一敘。是紅燈照派我來的。

噢!你是科多·馬提斯。跟我來。

香港的紅燈照有跟我們打過招呼。在桑拿好好放鬆一下吧。我去知會姊妹們。來吧!

這些女子來自西伯利亞。她們不會打擾你。

你們好。

就跟威尼斯的健身房桑拿一樣。

該死!怎麼有人能夠待在這麼熱的地方。你們在石頭上放太多水了!

啊!又一個來自討苦吃的。您好,我是傑克·提皮特,隸屬美國空軍!

史巴契多夫！我不相信盟軍的友誼。到時候，他們一定會拋棄我們的！

我們最好跟著溫格爾－史登貝格男爵。

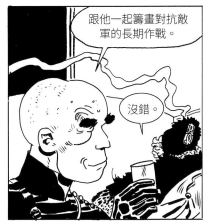

跟他一起籌畫對抗敵軍的長期作戰。

沒錯。

這烏克蘭猶太人，列寧的朋友，也說過一樣的話。「持久革命」？革的都是我們的命！

紅軍有自己的問題。我們的兵團從亞洲攻回去，收復俄國！

我們之間不夠團結。您呢，史巴契多夫，您是哪邊的？

閣下。我是您這邊的。您如此優秀！

這話您就自己留著吧，流氓，留在提皮特少校沒打掉的牙齒間。

誰知道這美國人現在人在哪裡？

我總有一天要殺了他！

您別笑！我保證哪天一定會把他剁碎了餵狗！

此時在上海⋯⋯

我就這樣痛揍了變態的史巴契多夫。後來，我是為了要找飛機的零件才來上海的。您呢，您來這裡做什麼？

我叫科多・馬提斯，要前往滿洲的哈爾濱。

哈爾濱？我也要去那裡，可以捎您一程。您搭過飛機嗎？

沒有欸，好可怕！

飛行並不怎麼吸引我。飛去哈爾濱需要多少時間？

兩天，包括必須中途停靠拜訪突擊隊和補充些必需品。所以，您要一起來嗎？

當然，一起。

您打算在西伯利亞待很久嗎？

不，我們的行動甚至還沒開始就已經失敗了。

我們找了您一整天，提皮特少校。有人在報到處等您。

謝謝。您也來嗎，科多・馬提斯？

你的俄國貴族那邊有新消息。她正要去滿洲接待謝苗諾夫將軍。

那個日本人的傀儡將軍？

不論是不是傀儡，他都是個排得上號的男人。因為我們跟英國人都押寶在高爾察克上將身上，日本人會試圖支持他們在西伯利亞的政府。

看吧，科多・馬提斯！您看，盟軍之間也是互相扯後腿。我們走吧，飛機應該準備好了。

這頭盔真適合您，看起來好像我伯母……

出於禮貌，我就不說您看起來像什麼了！

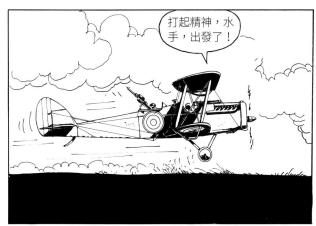

打起精神，水手，出發了！

天氣變冷了，開那種破爛飛機，骨頭會結凍。

那個水手是誰？

我兩三年前看過他，在宏都拉斯，當時搞不太清楚他是做什麼的，不過現在，我更不懂了。

覺得怎麼樣？喜歡嗎？

我聽不見……您說什麼？

我聽不見……您需要什麼？

我覺得大海正在不爽我……

您想要什麼？

我聽不清楚……您說什麼？

三天後，滿洲某處……

在我印象中，馮·溫格爾男爵跟謝苗諾夫將軍不是同一陣線的。也許我們的朋友高爾察克上將可以利用他對抗謝苗諾夫。史巴契多夫，您覺得怎麼樣？

我很懷疑。謝苗諾夫和男爵憎恨彼此，不過，他們都看不起高爾察克。我不相信高爾察克能跟這兩人其中一個結盟。

男爵只有一個目的：建立一個亞洲帝國，然後征服歐洲。他自以為是成吉思汗轉世，他相信一支新的遊牧部落會從蒙古出走，並統治全世界。一支新的菁英戰神貴族。他瘋了！

這想法真的非常浪漫。

是啊，完全是瘋了。但是馮·溫格爾男爵男爵對我們有用。

呃！空中有一架飛機跟著我們。

去稟報公爵夫人。

有架飛機跟著我們。

飛機？

是美國飛機。

我猜我看到您的公爵夫人了，提皮特。

是傑克·提皮特少校。

俄國列車怎麼有辦法穿越中國滿洲？

滿洲被日本人掌控了，謝苗諾夫和高爾察克手下的其他哥薩克阿塔曼也在日軍的保護之下。

這架飛機開始讓我不爽了！

要打中它很簡單……

傑克·提皮特？我喜歡這個人。把他打下來！

開火！

機槍手！開火！

沒事，公爵夫人，不過……

還是少跟美國政府來這套，因為美國政府不會喜歡別人打下它的飛機。話說回來，您好嗎，公爵夫人？

非常好。我常想到您，提皮特。您的朋友可有受傷？

呃，您倆的故事別扯上我的話，我更高興。

您朋友的脾氣真不好啊，少校！

沒事的，他這態度只是在討關注，他其實很好，他叫科多‧馬提斯。

嗯……科多什卡！

嗯，結果好就好。對，史巴契多夫，務必好好安頓這兩位先生……別離我太遠！

請跟著我走，少校。

史巴契多夫，老友。

科多，向您介紹這世上狗娘養的最肥的那隻，史巴契多夫少校，烏蘇里江哥薩克人。

啊！久仰。

別理會提皮特少校。我不會輕易把別人說的話放心上，我甚至覺得您很友善呢。史巴賽敦！

是史巴契多夫。這列車開往赤塔，在外貝加爾邊疆區，為了與阿塔曼謝苗諾夫相見。您可以接著前往您的目的地。如果半路沒出什麼意外的話！

您認識這位公爵夫人很久了？

去年八月認識的，在海參崴的美軍歡迎晚會上，尋常的愚蠢聚會，但有很多魚子醬、香檳……和公爵夫人。可惜您當時人不在。

還會有其他宴會的。

我必須試著南下到西伯利亞。我得跟公爵夫人談談。

現在南下到滿洲，意味著，在最好的情況下，會遇到軍閥張作霖的行刑隊，或者是……

被惡劣的滿洲兵折磨到面目全非。

我既不是美國人也不是俄國人。在這種情況下，應該比較會活下來。

我可以去見見公爵夫人？

可以。

噢，科多什卡…您找我？

是的，公爵夫人，我想請您幫個忙。

我想在滿洲邊境下車。

滿洲很危險，科多什卡。

大家都這麼說。但我必須去哈爾濱找朋友。

或者，是女朋友？我會試著幫您的。但西伯利亞邊境被馮·溫格爾男爵所掌控，這位先生有點難搞。

這位馮·溫格爾男爵是什麼人？

十七世紀發源於愛沙尼亞的條頓騎士後裔。家族在革命時期被清算。1918 年 5 月，他和謝苗諾夫將軍，在赤塔一起建立了外貝加爾邊疆區的臨時政府。現在他應該在西伯利亞邊境某處，試圖知曉自己的未來。

西伯利亞邊境的某處……

你看到什麼？

你的生命短暫，大概只有兩年。很多血……

- 60 -

兩年也應該夠我做完想做的事了，你還看到什麼別的？

我只看到血，溫格爾汗，很多血……

你已經說過了，巫女，但你沒說我有沒有征服這塊土地，蠢婦！

有嗎？

它只說你將會殺死很多人，說你會讓很多人流血！

就從你開始，死老太婆！

砰！砰！

兩年，沒時間可以浪費了！

馬克耶維奇，讓分隊準備好，我們該走了！

馬上！

只有兩年時間要建立大帝國！

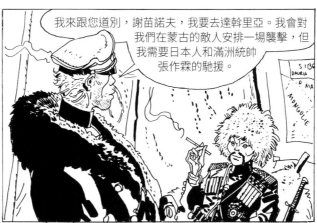

我來跟您道別，謝苗諾夫，我要去達斡里亞。我會對我們在蒙古的敵人安排一場襲擊，但我需要日本人和滿洲統帥張作霖的馳援。

軍閥徐樹錚的兵已經占據了烏爾加，他們還囚禁了神聖的蒙古皇帝。您想做什麼？釋放他？

中國軍閥之間彼此爭戰不休，布爾什維克黨人趁機挑起蒙古革命運動。如果他們成功，那就是我們的世界末日。

唯有將亞洲從布爾什維克主義手中解放出來，我們才能奪回俄國和歐洲。

靠著亞洲騎兵師，我將會占領蒙古聖城烏爾加，攻打俄國紅軍，就像是阿提拉，或成吉思汗，或帖木兒。

你在做夢，溫格爾，這場戰爭輸定了。我們唯一能做的，就是拿走皇室留下的黃金，然後改名換姓，消失在遙遠的國度。

你要這麼想就這麼想吧，謝苗諾夫。我有別的夢想，只有戰爭最重要。

我會幫你，溫格爾，但我對日軍和盟軍都不放心，我只信任我的裝甲列車。

瑪麗娜·賽玫諾娃公爵夫人應該會帶著其中一輛過來。她是高爾察克上將的朋友。她會帶著皇室的黃金去滿洲。

你呢，謝苗諾夫，你得幫她，讓一切盡可能進展順利，哈，哈。

再見了，達斡里亞見，謝苗諾夫，替我問候瑪麗娜。亞洲騎兵師，走了！

往前衝！衝向我們的瘋狂與我們的榮耀！

我們很了不起，謝苗諾夫，了不起！

了不起，而且瘋狂。去吧，去吧！軍隊會把你們砍成肉塊。你的名字會從瓜分高爾察克黃金的名單上被劃掉。

指揮官，列車和瑪麗娜‧賽玫諾娃公爵夫人到了。這是史巴契多夫少校的信。

嗯。

史巴契多夫少校讓我們留心兩個可疑的傢伙，其中一個叫科多‧馬提斯。走，去會會他們！

人都是自由的，祝大家玩得愉快。今天是聖謝苗諾夫日。歌頌我吧！

哈！

萬歲！

了不起！

指揮官萬歲！

哈！哈！

那就是謝苗諾夫指揮官，貝加爾哥薩克領袖，「野蠻兵師」的將軍。小心別惹他。

在總部，他可是享有盛名的刺客呢。

親愛的瑪麗娜，一路可好？

謝苗諾夫，我的朋友，我走過整個滿洲一路順暢。中國人和日本人都很喜歡你……

他們並不喜歡我，親愛的，他們只是單純利用我而已。跟我介紹你的朋友吧。

科多‧馬提斯少校和美國空軍提皮特少校。

科多‧馬提斯，您這顆頭我有點印象，應該是在什麼地方見過。

不可能，將軍，我跟您保證，這顆頭從沒換過位置，一直都在我身上！

來，瑪麗娜，來看看日本人送給我什麼吧。

先生們也來吧。我很確定你們會感興趣的。

跟你們介紹「毀滅者」。

是不是很壯觀呢？

有了我的裝甲列車和這座「毀滅者」，我就可以讓所有的布爾什維克軍隊遠離我的領地至少好幾年。

我的列車和砲筒威力強大。

它們很重……

而且很慢。我呢，用一點炸藥就可以讓它們動不了。

科多，沒人告訴過你，嘴巴閉緊蒼蠅飛不進嗎？

田信，把守衛加三倍！

就算沒有炸藥，只要從鐵軌上拆除一對螺絲釘也可以。

謝爾蓋，我得繼續上路與高爾察克上將會合。提皮特少校會跟我走，科多·馬提斯要去哈爾濱。你能安排嗎？

當然，交給我。

你打算怎麼做？

放心，瑪麗娜。只要你的水手還在邊境的這頭，我保他不會有事。不過到了滿洲，我就沒辦法保證了……

科多什卡……

我們必須在此分別。提皮特少校跟我走。小心謝苗諾夫，試著不著痕跡地遠離他。希望有一天還能再見到您。

我也是。

如果需要幫忙，可以到伊爾庫茨克找我。還是那個叫什麼名字的鬼地方來著？後會有期！

再見了，傑克！

這村莊偏僻荒無人煙，有中國兵，我應該已經到達邊界。

科多·馬提斯！

史巴賽敦！您在跟蹤我？

謝苗諾夫將軍命我在您一穿越中俄邊境時就殺了您。

為什麼？

他覺得您很討厭。您嘲笑他的列車。再說，我也討厭您。

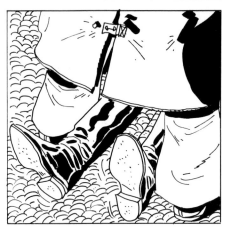

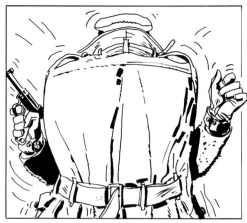

歡迎，科多·馬提斯。

呃，我們是不是見過面？

是的，我在帆船上幫過你。

我在那艘船上有個朋友……

朋友？

對。你有他的消息嗎？

也許。不過現在有人在等你。

我們終於碰面了。

我好像不認識你……

你們在這裡做什麼？我沒想到會在這麼遙遠的北方遇到紅燈照。

我們追求的道路沒有盡頭。

好啊，好啊。

黃金列車出現在烏金斯克，貝加爾湖這邊。烏金斯克被美軍把持，但鐵路被捷克斯洛伐克軍控制，且被謝苗諾夫的裝甲列車占領。

謝苗諾夫已經準備要進攻高爾察克上將的黃金列車。沒時間浪費了，不然這些黃金就會落入他的堡壘。

是時候了，科多。

你必須在列車抵達滿洲之前行動。

紅燈照先警告你，張將軍派了一批特工，準備來收割你的成果。你前行的路上將面對許多惡龍，科多！

誰在旁邊的房間唱歌？

一位俄國軍官。他叫尼諾。

天各一方～水手。您要喝點什麼嗎？

先不用。

遲早我們都要一起喝一杯的。我想認識您。

是嗎？

命運使我們愛上同一個女人，一個超級難搞的女人，您想起來了嗎？她偷走了我的靈魂。

唔，聽您在說故事。

也許吧，不過這是我唯一的故事了。科多，告訴我，她離開的時候，您也覺得痛苦萬分嗎？

您不知道自己在說什麼。

的確，您說得對。發生什麼事？

科多，走了。

怎麼了？

這棟房子不安全了，我們得撤。記住，你的時間不多。

永別了。又下雪了，這是最好的時機。

其他人怎麼辦？

別擔心！幫助過你的女孩偷走了尼諾的靈魂。他們也許都與你的命運有關。

今晚我們可以輕易地穿越邊境。

雪這麼大，就算是俄國兵和滿洲兵也會躲起來。

對我們來說也很冷啊！

我該怎麼稱呼你？

叫我利上海吧。

我們隨時可以離開。

您為何穿著這身閱兵慶典制服？

因為我深陷軍事狂熱之中，朋友。

您記得嗎？「她」喜歡制服，但誰知道她把靈魂給了誰？

尼諾，別再跟我說這個故事！

太冷了。

得報告張將軍說這水手已經到滿洲了。

這俄國軍官和紅燈照女人在幹什麼？

張將軍計畫中的一部分。等我們得到黃金……

就殺了他們和那個水手。

他們一定會從邊境的另一端搭火車去赤塔，我們必須搶在他們前頭抵達。

去赤塔的車要開了。科多，你該偽裝一番，免得被謝苗諾夫認出來。

謝苗諾夫？我有些話要對他說。

謝苗諾夫是最糟糕的敵人和最糟糕的朋友，一個壞透了的殺手。

並不是我找上他。是瑪麗娜·賽玫諾娃公爵夫人把我介紹給他。

公爵夫人美嗎？

嗯，算美吧。

你說什麼？

我說美……

靠近她的時候，感覺好像在靠近某個溫暖的東西一樣，嗯，她讓我想到一小罐微溫的蜂蜜。

當她看著你的時候，你會想到……鈴聲！

科多，我的朋友，聖誕快樂！

你幹麼穿成聖誕老公公？說啊！

聖誕快樂呀，科多！

我瘋了嗎？今天又不是聖誕節！

我們想慶祝聖誕節的時候就是聖誕節！

哈斯普汀，你是哈斯普汀嗎？

我是你伯母。

真不可思議。你快到上海時跟著帆船沉了下去，現在我卻在西伯利亞遇見你。

這就是你的錯了。你老是低估我。

別再想了。我們該慶祝這場重逢才是。拿著！

這是什麼？

我老家的東西，科多，保加利亞魚子醬和伏特加。來自神聖俄國的東西，跟我們要偷走的列車上的黃金一樣。

敬俄國的黃金！

要在謝苗諾夫眼皮底下偷走黃金可不簡單，不過……

我有兩個朋友……上哪兒去了？

你喔，在這裡你只有一個朋友，就是我。懂？

他們在雪中迷路了。

那最好。現在嘛……

去瞧瞧謝苗諾夫吧！

幾天後，一列火車朝赤塔奔馳而去，是「野蠻兵師」統帥謝苗諾夫的裝甲列車。

謝苗諾夫指揮官，有人回報說美國人控制了赤塔鐵路入口。

美國人？奇怪了，我以為是日本人。我們感興趣的是卡里姆斯科耶的鐵路節點。我們在那兒等高爾察克的皇家黃金列車。

要確保卡里姆斯科耶一滿洲線在我們回程時的暢通。

遵命，指揮官。

謝爾蓋，美國人是誰？

美國人？就是一些髒鬼，華爾街的猶太人。

他們的總統伍德羅·威爾遜說我們俄國欠美國十億美金，所以他派遣一支遠征軍隊到西伯利亞來收款。剩下的說詞，都是在合理化他們為什麼出現在俄國的藉口。

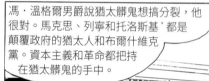

馮·溫格爾男爵說猶太髒鬼想搞分裂，他很對。馬克思、列寧和托洛斯基*都是顛覆政府的猶太人和布爾什維克黨。資本主義和革命都把持在猶太髒鬼的手中。

我的家人也是猶太人啊……

是，但我在一場滅絕大屠殺中救了你。你忘了嗎？

沒有，我只是想……

你只是想什麼？抹茶啊，一個東西開始想當人的時候，就再也沒用了！

砰！

*譯註：列夫·托洛斯基（Lev Davidovich Trotsky）是一名無產階級革命家、軍事家、政治家、理論家、思想家和作家，是布爾什維克黨主要領導人、十月革命指揮者、蘇聯紅軍創始者與領導者，被列寧稱為「最崇高的同志」。

你呢,你想走上相同的路?你也是一個會思考的自由人?

我只是個剛來的……

那很好,我還不知道你叫什麼名字,怎麼來到這裡的。

我叫利上海,跟著你的軍官搭火車來的,他叫尼諾。是你的屬下要我來這裡。

尼諾上尉!那個靈魂被偷走的瘋子。有時候,他會為了找她而消失。

總有一天,我會把靈魂縫到他身上。

對上海女人來說,這裡也太北了。

你在尋找什麼?你知道在這些地方,人們都在找到前就死了?

我在尋找一條金龍。

金龍?你瘋了。不過,誰知道你的瘋狂裡藏什麼?來,摸摸我的頭,我想睡了。

經過哈格,十個小時後,我們就會到卡里姆斯科耶路口。

你為什麼一直盯著我看?

你也盯著我看!

呃,你們倆!你們是軍戲院的帶位人員?

蛤,帶位人員?笨蛋,我們是越南海軍軍官,被派過來當西伯利亞和蒙古哥薩克軍的軍事顧問!

好喔,不如跟我說你們叫馬基維利和馬可波羅,路過這裡要去契丹!編這些故事要幹麼?把證件給我!

等一下,上尉,我幫這兩名軍官擔保。您可以退下。

遵命,少校!

你們以為哥薩克軍官笨到看不出你們在嘲笑他嗎，這樣不行。你們該找個像樣一點的理由。

那天你們在暴風雪的晚上消失了。

我總是在暴風雪中消失。尼諾，您好嗎？那個中國女子跟您在一起嗎？

不，她沒跟我在一起。她成功接近謝苗諾夫指揮官。真是個勇敢的女子。

科多，我認識您的朋友。

跟您介紹我的同事，哈斯普汀上尉，出名的冒險家；尼諾上尉，紅燈照的合作夥伴。我還搞不清楚怎麼合作……

目前所有人都還活得好好的，還等著「玩大的」，紅燈照仗我的庇護。不過我幫她們是出於政治信仰，不是為了錢。你們可能會被認出來，該躲起來了。

沒這必要。謝苗諾夫不會在自己的列車上找我們。

科多，說得好啊。上尉以為他做出了政治選擇，就對得起自己良心了。

我就是我，因為我想要過有錢有女人有美麗事物的生活，這些都很貴，為了擁有，我得偷……

所以你是小偷囉？

是。不過，跟做出政治選擇和把別人的錢放在瑞士銀行那種靠群眾發財的人相反，我偷來的錢都會馬上花出去。我讓錢流動！一堆人可是靠我偷來花掉的錢在生活的呢。

羅賓漢、迪克·圖平、多明尼克·卡圖許、史登卡·拉辛這些義賊，唯一的缺點就是想要把劫來的全部都給窮人。我才不在意，更不在意政治！

哈斯普汀，有時候你還真令人同情。我警告你，我們前方有一輛列車。

去跟謝苗諾夫指揮官報告高爾察克上將的列車在另一條鐵軌上。

這就是黃金列車！

我們該怎麼做？

準備好砲火，然後等謝苗諾夫的指令。

閣下，謝苗諾夫的裝甲列車到了。

我就知道！

可惜高爾察克上將沒有跟我們一起在這列車上。

為了保護俄國黃金，我們可真是接了個燙手山芋呀……

或許這樣的死法比較得體？比起我們其中一人偷走黃金然後再被殺掉……

比起被鐵路工和農民所組成的人民法庭審判？慢慢往前開吧。

這輛就是謝苗諾夫的裝甲列車，那個「野蠻兵師」的指揮官。

是公爵夫人的朋友？

那人才不是任何人的朋友！

這謝苗諾夫真是該死的殺手。

開什麼玩笑，他是優秀的好男孩，幫我們打工。

誰去解開載運黃金的車廂，快！

指揮官，我去！

大家掩護這名勇敢的自願者。

我也該做點什麼，否則我最好搞消失！

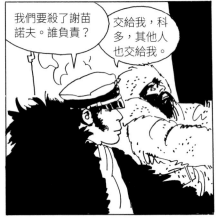

這裡發生什麼事?

謝苗諾夫跑了!

我們想攻擊他的時候,兩名士兵突然闖進來要殺我們和謝苗諾夫……你看。

他們手上紋有一條黑龍。

黑龍?是什麼意思?

中國邪教組織的人,三合會之類的。

不是三合會。黑龍是軍閥張將軍手下的一個祕密團體!謝苗諾夫往哪個方向跑?

裝甲列車連接上了那個火車頭!

我會捉住他……

然後我會讓這該死的列車停下,在一切都太遲前。

抵達杜里亞前會遇到一個通往蒙古的分岔路口。必須在那之前讓列車停下。

你穿豹皮比較好看,我的小利上海!

是嗎?

我就算不穿豹皮,也還是留著豹爪!

對某些女人還是得注意一點。

這不是往滿洲的路。有人把列車開到另一條路上了。

紅燈照把車開往蒙古的薩瓦爾汗湖了。想活命，就從列車上跳下去！

利上海？我不懂！看看那把.45手槍。

這輛列車上的黃金將用於亞洲革命。蒙古和中國的革命分子都為此做出貢獻。

俄國長期奴役剝削我國子民，現在輪到西方人付出代價了，就用這些黃金支付吧。快跳車！

女孩，俄國的確犯了些錯，但我是俄國軍官，必須誓死維護俄國的東西……

碰！

碰！
碰！

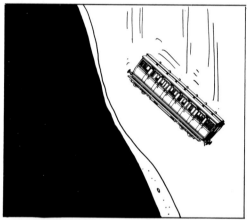
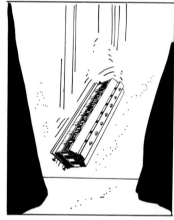
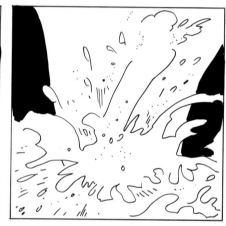

三界之湖……

喀咔！

你們被馮‧溫格爾男爵的
亞洲騎兵師俘虜了！

蔚藍的夏日傍晚，我將走在小徑上，
踏過細密的草地，被麥子輕搔……

作著白日夢，感受腳上傳
來的冰涼。

任徐風拂梳我光裸的頭。

我默然無語，心思平靜，

無盡的愛將從我的靈魂中湧升。

而我將赴遠方，遼遠，像個波西米亞人，

悠游天地間，快樂似有女人相伴。

科多，你在想什麼？

韓波，一個法國詩人。在這種時候，我不會去想別的。

幾公里外……

誰知道成吉思汗爬這牆爬了幾遍……我得繼續他的使命：讓亞洲緬懷過去他對太陽的崇拜*。

從日本海一直到芬蘭灣，這將會是黃色太陽對抗布爾什維克的紅色星辰！

一場新的宗教戰爭，只是一場比他們的革命更可怕的反革命。

*譯註：太陽崇拜（culte solaire）在此處除了指涉對於自然元素（天地、日月、星辰、山水、火……等）的崇拜，也可能指涉成吉思汗攻打蒙古最大部落乃蠻部（其部落首領稱為太陽汗）後一統蒙古各部，成為共主。

薩滿教和戰爭倫理是唯二的真正信仰。芬蘭人、揚子江的白人、阿伊努人馴鹿皮製作的鼓聲節奏慶祝相同的創始祕密。是時候重返過去遺失的信仰了。

男爵，一切都準備就緒。

是您，鈴木？

很好。去解決問題吧。

我不是我的瑪格麗特酒，現在他們打敗了你，「瑪歌」要和朋友去豪華小屋喝濃酒。

您喜歡探戈嗎？

將軍，我不懂探戈。

可憐的傻子！那些中尉在哪？

在隔壁房間！

怎麼，你們想丟下我，去找謝苗諾夫？奇了怪了……

我們想戰鬥，閣下！

前線在西方，不在北方。你們想在參謀部戰鬥，在文書和辦公室權謀之間戰鬥……

可是……

沒有站得住腳的可是！你們早該請求我核准。我不會為難任何人。

我們只是逕自離開幾個小時。

住口！為什麼想去赤塔？為了女人？噁心！浪費時間跟蠢女人混……

貴婦或婊子都一樣！都是寄生蟲，都是為了錢！可是你們……

天真的該死！我們的戰場不在赤塔，是在達斡里亞這裡。你們馬上就會明白。

閣下，馬上？

對，馬上。你們從檢查管控士兵的槍開始做。

謝謝閣下。感謝您對我們的信任。

住口！別拍馬屁！

把那個少校交給這幾名中尉！

一切都在控制中，閣下！軍隊狀態極佳。

很好。我不能容忍亞洲騎兵師的軍官被有缺陷的武器槍斃。這是原則問題。

閣下……

沒錯，我要槍斃你們！你們稱之為逕自離開，我稱之為叛逃。我們用詞不同。我認為沒必要蒙住你們的眼睛。如果你們想要，可以自己命令行刑小隊。

喀咔！

溫格爾汗，我是邊境巡邏隊的巴林。我們在蒙古和滿洲邊境捉到幾個外國人。

去會會他們。

你們在禁區被捉，得為此付出昂貴的代價。

希望不要！

你們是什麼人？在這裡做什麼？您戴著砲兵警衛官帽，是吉普賽人或水手才會戴的。

這帽子是禮物。我叫科多・馬提斯。

這無法說明任何事。您還沒告訴我你們是做什麼的,還有你們在邊界區找什麼。說吧!

您也許不相信,但我來這裡是為了忘記某人!

我當然不相信。想要遺忘,浪漫的人會躲去法國外籍兵團或西班牙軍隊,不會來西伯利亞。不過我可以把你們丟給行刑隊,幫你們遺忘。我們的行刑隊已經準備好了。

我剛才看過他們行刑。

所以?

所以怎麼了?

別再嘻皮笑臉了。搞清楚,你們離死亡很近。還有什麼話要說?你們來西伯利亞做什麼?

怎麼樣?

又怎麼了?

好吧,別這麼嚴肅。我們來這裡是要偷高爾察克上將的黃金,謝苗諾夫也試圖偷過。但您也許不相信……

當然相信!所以這事辦得如何?

不知。總之,謝苗諾夫並沒有成功拿到黃金。

我喜歡這個結果。我暫時不殺您。至於這個……

中國女孩,就在軍營裡當軍妓。

而您看起來非常像卑鄙下流無恥的哈斯普汀,怎麼稱呼?

哈斯普汀,閣下!

你們全都是瘋子!

抱歉,閣下,但我跟您保證在場唯一的瘋子是科多·馬提斯。

溫格爾汗,謝苗諾夫將軍的大砲經過赤塔抵達滿洲了。日本技師請求在這裡過一夜。

謝苗諾夫的大砲?這瘋子很愛他的裝甲列車和大砲,這些慢吞吞的重裝甲。被紅軍打跑時,只能全數拋棄。

好。跟這些技師說別離他們的大砲太遠。哥薩克軍不是日本人的好朋友，

我也不是。他們想挑唆我們彼此攻打，不過他們的小把戲對我無效。您怎麼看？

嗯，我看過他們1905年在旅順港這麼玩過，效果不差。

旅順港啊……是我們的問題。重點是不要再犯同樣的錯誤。終有一天，俄國人、白軍和紅軍會記得旅順港，而日本會付出代價。

我不願再想這些有的沒的。再見了，先生們。

你們很幸運，進來吧。

別瞎攪和，蒙古人！

哈斯普汀，你的個性真的很差！

都是你的錯。我要殺了你。

你沒道理殺我。

該死的無恥之徒！

她害我滑倒！科多，我滑倒！

我看到了，在這裡很容易滑倒！

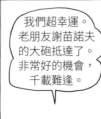我們超幸運。老朋友謝苗諾夫的大砲抵達了。非常好的機會，千載難逢。

大砲幾乎要了我的命。可惜謝苗諾夫將軍不在這裡。噢，真的太可惜了。

老謝苗諾夫到底躲在哪？只一個晚上，實在不是很長。

可以知道你想幹麼嗎？

我？沒幹麼！
只想成功！

厄爾巴島的成功！

厄爾巴島？

對，比拿破崙或阿
爾德巴蘭永遠不成
功的行動好。

為什麼不成功？你在開我玩笑
嗎？怎能有這麼蠢的念頭？

哈斯普汀，你真讓人受不了。
贏了的話，遊戲就不好玩了。
看吧：就因為你，抽到「帶
來厄運」的女
子……

黑桃皇
后！

等等，她才是黑桃皇后，
是她帶來厄運！

聽好，哈斯普汀，現在不是吵架的時
候。我們得幫忙彼此逃走。
之後，再來算你我之間
的帳。

利上海對我很兇，但她說
的有道理！

你恨我，是因為我曾經試
圖偷走黃金。但所有人都
這麼做過……

高爾察克上將、謝苗諾夫、紅燈照、三
合會、布爾什維克黨、盟軍、你和哈斯
普汀……所以我為什麼不能為了
我的同胞這麼做？裝載黃金
的車廂掉進三境之湖。
因為我們，沒人能得
到黃金，沒人損失。
不過，如果你
想要向謝苗諾夫
復仇……

就是現在了。外面下著雪，哨
兵站在門前，後排窗
戶沒人防守。

我們走！

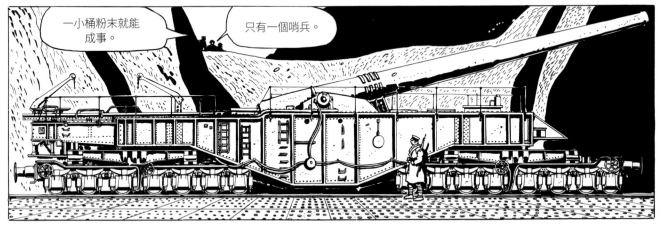

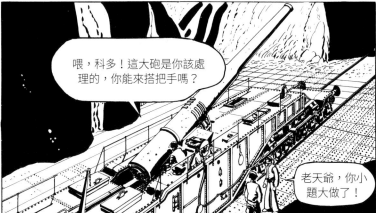

喂，科多！這大砲是你該處理的，你能來搭把手嗎？

老天爺，你小題大做了！

點火根本不算什麼，你做過很多比這困難得多的！

咻！

呃！

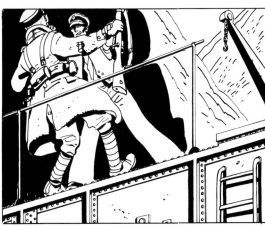

把他丟下來給我！你去看看有沒有其他士兵！

沒了，謝天謝地！

一切都好……那個人咧？

我把他給吃了！

聰明鬼，快上來！

利上海，快好了吧？

嗯，火藥點燃了。快爆炸了。

你們幹麼叫我上來？

為了讓你不爽啊！

你們兩個都是瘋子！

BOOM!

（爆炸聲）

天啊！大砲炸了。快去報告男爵！

*譯註：仙那度（Xanadu）源自蒙語，指的是元朝的上都，位於今內蒙古自治區錫林郭勒盟正藍旗境內，多倫縣西北閃電河畔。西方常以先那度比擬「世外桃源」。

森林古老與山丘，環繞太陽燒灼過的田野……

不過您叫我來，不是為了聊柯立芝吧？

為什麼不是？詩與劍有時能一道同行，大砲比較沒辦法，但……

請先上座！

我找您來是有個提議。您看來不似尋常人。我有個任務得完成，但我時間所剩無幾……至少有人是這麼告訴我的。

我指揮的「亞洲騎兵師」將征戰蒙古的烏爾加，從那裡攻打摻和蒙古政治的布爾什維克黨人，還有兩股顛覆蒙古的勢力：喬巴山和蘇赫巴托 *。

沒錯，我認識蘇赫巴托。他是俄國皇家軍隊培養出來的年輕砲兵隊軍官，一個有趣又優秀的人。可惜他選擇加入布爾什維克黨……

您呢？您還沒回答我！

我得承認我需要信念，相信某種事物……為什麼我必須選擇烏爾加和蒙古，而不是隱藏在威尼斯的一處庭院呢？

因為沒有人能與自身達成完美和解，而我能給您一個新的帝國！

因為許多還未能實現的願望，我拒絕過非常多的事物。這是第一次有人要給我一個帝國，但我還是要拒絕，我有其他更在意的事……

我還以為您是個真正的冒險家，但我錯了。怪了……

怪了，只因為我拒絕？男爵，您真讓我驚訝。

好吧。我不強迫任何人跟隨我。您有勇氣率先開口說「不」，這個美麗的字眼。現在，您將要見證某件令人擔心的事情了。

我讓一個「魔帕」過來，一個西藏預言師。他會告訴我們生與死的祕密。為我們的未來乾一杯。

*譯註：喬巴山（1895~1952）1928 年成為蒙古人民共和國實際最高領導人，是蒙古人民共和國歷史上第一個也是最後一個攬所有大權於一身的領導人，常被西方稱為「蒙古的史達林」。蘇赫巴托（1893~1923）蒙古人民黨的創始人之一，被視為蒙古爭取獨立的過程中最重要的人物之一。

上尉，讓那該死的巫師進來，我們好好看看。

魔帕來了。

阿彌陀佛。在神的語言、那伽、魔鬼的語言、人的語言中，我能讀出隱藏的訊息。

呪！呪！呪！呪！

呪！呪！呪！呪！

呪！呪！呪！呪！

噢！流逝的智慧啊……自彼岸啟程，來到桑耶寺，乃生命氣息之屋舍。

呪！呪！呪！呪！呪！

在雪的國度，天上，你在古老的修道院中吐露臨終的生命氣息。你的時間不多了，溫格爾汗，得抓緊時間行動！

還有多少時間？我還能活多久？

一年多一點，我所言為真。一年的血腥、獻祭，然後死亡會咬住你的舌頭，帶你到「中陰」……

你的冒險終將成功，但你卻無法理解。你會抵達你想去的地方，但你將在揮灑出的熱血中凋零。很多的血，溫格爾汗。命運是這麼寫的。

至於這位，叫科多・馬提斯的，他不是你的朋友，但你不能傷害他。

韃靼的世界像是一頂大帳篷。銀河為其縫線，星辰為亮光穿透之孔洞。天空中閃耀著金釘，你稱之為北極星。這顆星關乎你的命運。

我現在得變成「死亡」，重新拿起麋鹿皮製的鼓，訴說你命運的紙頁上寫的是什麼。

我是「死亡」。

「命運之書樹」上有好幾百萬片樹葉，每一片上面都寫有某一個人的命運。有一個人死掉的時候，就會有一片葉子落下。我看見了你的葉子……

你命帶黑龍。

一條碎裂的黑龍。

但是科多，像你這樣的人很懂生存，就算身處地獄都能過得很自在。現在嘛，再見了……

記得啊，科多，碎裂的黑龍。

他到底想說什麼？

黑龍？是一個中國的軍事祕密社團，但也是黑龍江的名字。

也許他想建議您去黑龍江。

太遠了。您有別的話想對我說嗎？

沒有了，跟您的朋友走吧。如果有機會，讓世人記得我有過悲慘的命運。再見，科多·馬提斯。

再見，男爵。

我們時間不多，該走了。

我就是在等你！

我們收到消息，附近有一隊蒙古愛國者。運氣好的話我們能跟他們聯手取得黃金，然後再回滿洲。

利上海，聽我說，認識你以來，我就不停地穿越滿洲邊境。我實在受夠了你們這些人和我自己。

你牢騷真多。

總之，我們成功盜走了帝國主義者的俄國黃金，怎麼說也是場不錯的冒險，你不覺得嗎？

我告訴你，就算他覺得，我也不覺得。我要我的那一份黃金。

哈斯普汀，你總是這麼愛吵架。我們還活著，該感謝老天爺了。

這樣不夠。

我是查魯中尉，奉命護送你們到滿洲邊境。

溫格爾把您掉在大砲附近的這頂帽子送還給您。

外國佬，你們很幸運。溫格爾汗並不是一向這麼寬容……應該是有某件大事讓他很苦惱。

我們什麼時候會到達邊境？

再兩三天，如果天氣好的話。

科多，有件事我搞不懂，為什麼男爵放我們自由？

因為巫師建議他這麼做，還告訴我要小心……

碎裂的黑龍。

張將軍，北京的祕密部門傳來消息。

「我們在滿洲的兩名探員在謝苗諾夫將軍的火車上被殺，高爾察克上將載運的黃金落入了三境之湖。」

「我們只需要再繼續搭火車到滿洲和蒙古邊境，之後仰賴張作霖將軍的協助，用別的方式繼續前進。」一定是紅燈照和科多·馬提斯。

我得盡快除掉這強勁的敵手。

您是說紅燈照？

不，我說的是科多·馬提斯，冒險家。我在大戰時的敵手，我們相愛相殺。

不過，紅燈照也是強勁的敵手。毫無疑問，她們在這次行動裡幫了科多·馬提斯。不過最後嘛，她們會除掉他的。上校，繼續前往邊境。

是個「白軍」士兵。

你確定？

確定，他應該屬於亞洲騎兵師。

殺了他！

別動！我們也許有機會得救！

你比毒蛇還狠毒！

並沒有！

丟掉武器。

現在是怎樣……

你們從禁區過來，還殺了自己的嚮導，到底是在玩什麼把戲？你們是什麼人？

隊長同志，我是蘇赫巴托的朋友。

嗯……

你可認得成吉思汗的手勢？

當然認得。不論政治，我們畢竟是蒙古人和亞洲人。

正是，亞洲屬於亞洲人。請告訴我，蘇赫巴托在哪裡？

你認不出我了，七年前我們在烏爾加的俄國學校見過。你父親在中國大使館工作。我知道你進了紅燈照，也有了另一個名字，叫利上海。我是博格多，蘇赫巴托的弟弟！

不久之後……

這裡是博爾康，蘇赫巴托的總部，是蒙古愛國主義者對抗外來壓迫者和帝國主義者的基地。

這些俄國人和你弟身邊的年輕女子，你認識嗎？

我應該認識那女子。

蘇赫巴托！我是利上海。記得我嗎？

記得，我還記得你有另一個名字。

不過你改了名字，應該有很好的理由吧。這個俄國砲兵軍官是什麼人？

他不是俄國人，也不是軍官。他叫科多·馬提斯。

科多·馬提斯？是你丈夫？

不。他是隻孤獨的貓。

我聽人提起過您。很高興認識您。

張將軍的火車開進山谷了。

那軍閥從沒來到過這麼北的地方。得抓住他。

若是您不反對，我們跟張將軍有筆帳要算。想助您一臂之力。

此時在山谷……

我們快到博爾康湖了，在那邊停一會兒吧。

太好了。

再幾分鐘就到博爾康湖了。

好，我去通知張將軍。

將軍，我們到蒙古邊境了。

在此暫停幾個鐘頭。讓士兵找點樂子，再出發前往蒙古。

讓士兵們去窯子吧，不過……

小心有人叛逃。

杜查，你怎麼了？

我怎麼了？我覺得被羞辱了。

我受過高等教育，讀過俄國皇家帝國軍事學校，才終於當上軍閥張將軍之流的刺客教官。我們的國家被布爾什維克黨人視為囊中之物，我們的傳統逐漸消失……我不知道我的家人在哪裡，我的朋友四散或被槍殺。你還想要我怎麼樣？

盟軍背叛了高爾察克上將……還有在滿洲的我們。我們還能怎麼做？投靠馮·溫格爾男爵？還是逃到巴黎當大宅邸管家？到紐約開計程車？

想太多，杜查。你沒那麼重要。

啊！當然。不過你問我怎麼了，所以我回答你。畢竟，我裝不了傻，假裝不了一切都沒什麼。我錯了，所以我所知道的一切也都錯了。什麼都別再問我了。

終於！這才是我喜歡的科多·馬提斯！看吧，你想開槍的時候也會開槍！

說話有其時，開槍也有，別無選擇我才開。我們快到與利上海和蘇赫巴托會合的博爾康了。

而我們沒剩多少時間可以讓這列車停下了。

你到底是水手還是鐵道員⋯⋯

西方稍遠處⋯⋯

是張將軍的火車！

都給我準備好！那就是張將軍的火車！

發生什麼事？

將軍……砲兵隊裡發生叛變。有人在砲轟別的砲臺。

跟我來，快！

他們殺了我的砲兵！

科多·馬提斯！

就是現在！發射！

再來！

他們在幹麼？他們對我們開槍？

呃……是利上海的禮物！

砰！

我們成功了！張將軍的黑龍被擊敗了！

幹得好，我們為你感到驕傲，利上海同志！

我自己並不覺得驕傲。為了完成這項任務，我們犧牲了火車上的兩個朋友。

現在，甚至沒辦法去看看他們是否還活著……軍閥張作霖手下的中國兵和日本兵就快到了，得快點取回掉進湖裡的黃金。

你在哭嗎？

有嗎？

你看錯了，蘇赫巴托！再說，這是我個人的事！

同志，你個性真差……不過我也管不著。如果你願意，我們可以走了。

我準備好了。

讀者朋友，科多·馬提斯在西伯利亞的故事就快進入尾聲了。俄國和中國的火車都被炸毀，高爾察克的黃金掉進蒙古的湖裡，科多除掉了他的敵人。那科多呢？在爆炸裡消失了？這個嘛……

我給你們幾條線索，讓你們自己去探尋。我聽說的故事版本結束在蒙古愛國者去取回載滿黃金的車廂。不過，有幾番見證能幫助你們找到這場冒險的結局。分享見證者分別為：蒙古的布里亞特人塔剛、佐藤中尉、美國空軍少校提皮特、三合會的首領長壽、香港防衛隊中尉巴羅、江西地區的農業專家凌先生。這些見證說法中，最後一種說法最讓我感動，也許是因為它的溫柔；但我不好先揭穿故事的結局。第一則見證如下：

我是塔剛，波羅之子，來自布里亞特家族。此刻為卯時，等我們抵達事發地點時已是申時。張將軍的裝甲列車上只有少數幾個倖存者，我們把他們交到海拉爾的一名日本軍官手中。

我是日本皇軍的佐藤中尉。1902 年 2 月 5 日，一群蒙古的布里亞特人把一些俄國士兵和張作霖的中國士兵交給我們。那些傷者中有你們要尋找的人：水手科多·馬提斯少校和水手哈斯普汀少校。他們在哈爾濱被交給了美國空軍的提皮特少校。

我得知科多·馬提斯和一個叫哈斯普汀的朋友，在哈爾濱一所軍醫院裡。我到滿洲哈爾濱時，只看到科多·馬提斯，當時他的狀況很糟。在毀掉張將軍軍裝甲列車的那場爆炸中，他的雙眼受了傷。至於他朋友哈斯普汀……

在我抵達前就消失了。幾天後，我幫忙科多·馬提斯離開這裡赴香港。我跟他聊到瑪麗娜·賽玫諾娃公爵夫人時，我感覺他對公爵夫人的死亡隱藏了點什麼……我知道的就是這些了。後來科多去了香港……你們要來根康涅狄格雪茄嗎？

對，科多·馬提斯在三月時抵達了香港。局勢對所有人都很艱困，但他是唯一表現得對此毫無所感之人。在香港，他想知道張將軍躲在哪。將軍是黑龍會的人，由日本扶植成立的軍國主義組織，是三合會的敵人……

張作霖成功逃過由科多·馬提斯引爆、滿洲北區紅燈照完善的鐵路爆炸。他之前在這裡化名為軍火商巫峰。

三合會決定除掉他，所以我們幫他和科多·馬提斯安排會面。對科多·馬提斯來說，這是個私人行程，而我呢，我是科多的朋友……啊，最後來了個警察中尉，製造了點混亂。要不要抽一管？

我是香港防衛隊中尉巴羅。我最後一次看到科多・馬提斯是在3月15日。我會記得確切日期是因為那天我們要去逮捕軍火商「巫峰」，軍閥張作霖的化名。他犯了事，導致中央政府、他的同儕、祕密社團都下令除掉他。我們奉命依法處理……我再說得詳細點：此事發生在晚上……

晚安，單耳，我找您的主人張將軍……或者說，名動天下的軍火商巫峰。

我一直等著再見到您。我原以為在滿洲把您殺死了，後來一個三合會的朋友告訴我您在鐵道爆炸中存活了下來。真可惜。

張將軍，您賭輸了。我是來見證您的死期。

您與警察一起來的？

將軍說笑了。我從不做這種事，但我認為沒必要向您說明：您冒犯了我，所以我要走了。我不願降低格調向您解釋何謂愛冒險的公子哥。

科多・馬提斯……

請接受一個愚蠢之人最誠摯的歉意。請別羞辱手下敗將。

我接受您的道歉，將軍。感謝您的理解。

這真是一場華麗的冒險。那個騙了我們的女子叫什麼名字？

她叫利上海，是紅燈照的人。

利上海？像美國音樂劇的名字。她是個可敬的對手。

是啊！

您下次遇到她時，我相信您會遇到，可以替我這個已沒用處的軍閥送上這朵玫瑰和我最真摯的讚美嗎？

老天，張作霖，您越來越像浪漫的德國人了！

或許吧，但我從來沒有過度的激情或情緒。我看到單耳帶著不討人喜歡的訪客過來了。

張將軍，晚安。我以英國女王之名逮捕您！

啊，單耳，幫我泡杯茶吧……中尉，我被控訴什麼罪名？

竊盜、兵變、屠殺、走私軍火、叛亂。

科多·馬提斯先生，您還是在沿海一帶？

沒錯，您不也是？

我一直在關注兩位的冒險，您與哈斯普汀少校的生活都很有趣。他曾經過這裡，然後，一如往常，在一個沒有月亮的夜晚，他又消失了。

您知道哪裡可以找到他嗎？香港開始變熱了。

您老是問我同樣的問題，中尉。我對哈斯普汀一無所知。

茶來了。

中尉，請喝茶。

謝謝，將軍，但我們沒時間喝茶。

我們在辦公室等您，將軍。奧斯本少校與蘭德上校都在……

省省吧！中尉，軍閥張將軍已經死了。

什麼！死了？不可能……

他喝的茶有毒。

是他的僕人……捉住他！

單耳只是執行將軍籌謀已久的命令。

您說得也許有道理，但這還是一樁殺人案。

單耳，也許您會需要一個好律師，我會幫忙。您對將軍一向忠心耿耿。

感謝您，科多·馬提斯，雖然將軍與您為敵，但他一直都很敬重您。

原來您會說話，我還以為您是啞巴。

曾經，我無話可說，而今，您得知道，她……那名您來香港想見的女子，已經走了。她回歐洲之前等了您很久。

單耳，謝謝，或許這樣最好。她不多等一陣子是不會離開的。

您是聰明人。再見，科多·馬提斯。

再見了，
單耳。

您可以走了，科多·馬提斯。但
您得先到派出所做筆錄。

再見，中尉。

那就是我最後一次見到科多·馬提斯。
我聽說他的證詞對單耳有利，也聽說
後來他去了江西省。我能跟你們說的
就這麼多了。

敝姓淩，江西地區的農業專家。 四月某天早晨，科
多·馬提斯到了這裡。當時我和幾個農人在一起，
他問我認不認識村裡的一名女子……

那些女孩子是紅
燈照學徒？

是的，不過目前
她們是蔣先生
的新學校的
學生……

而我是她們的老師。我當時參與游擊
隊的活動只是暫時的，
因為我對蘇赫巴托和
北方很熟。

因為這樣，國民黨的民主政府派我
到蘇赫巴托的蒙古革命分子身邊，
為了奪取俄國皇室的黃金。

在金子落入保皇黨和
他們的盟友張作霖，

或是投機冒險者、獨立祕密結社之
手以前……我不得不做兩手打算。

跟你合作是為了⋯⋯監控你，還有與國民黨政府合作是為了壓制其他的競爭者。

黃金在哪兒？

高爾察克的黃金？被用來為中國、蒙古和俄羅斯建造一座大型水力發電廠。哈斯普汀和你為公平正義貢獻了一番心力。整個亞洲和弱小的紅燈照感謝你們。

弱小的紅燈照？我花了很長時間才明白，女人比男人強大得多。親愛的。

他是淩先生，江西省的農業工程師，我的丈夫。

丈夫？

我一直很想認識您，科多・馬提斯先生。利常常跟我提到您。

我知道您在滿洲的一場革命行動中很出名。您太厲害了⋯⋯

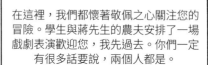

在這裡，我們都懷著敬佩之心關注您的冒險。學生與蔣先生的農夫安排了一場戲劇表演歡迎您，我先過去。你們一定有很多話要說，兩個人都是。

我丈夫人很好⋯⋯

無需多說。

你要去哪？

我不知道。再見了，利上海。

漫畫｜雨果・帕特 Hugo Pratt

1927 年生於義大利里米尼（Rimini），童年在威尼斯度過。18 歲開始投入漫畫創作，早期在義大利、阿根廷、英國的雜誌上都可看到其作品。1969 年，他在《Pif Gadget》雜誌的主編喬治・里爾（Georges Rieu）的邀約下，落腳於巴黎。隨後，他決定以自己之前發表過的片段《鹹海敘事曲》裡次要的角色：「科多・馬提斯」為核心，開拓出一系列故事，未料因此在法國聲名大噪，繼而聞名國際。帕特以「繪畫文學」來定義自己的作品，其漫畫、平面作品、水彩在世界諸多博物館展出，也經常被許多作家、藝術家所引用，諸如提姆・波頓（Tim Burton）、法蘭克・米勒（Frank Miller）、艾伯托・艾可（Umberto Eco）等。2005 年，獲選進入威爾・艾斯納名人堂（Will Eisner Award Hall of Fame）。

翻譯｜賴亭卉

中央大學法文碩士。現為自由譯者，從事書籍與字幕翻譯。譯作：《林園水塘部》、《病態型自戀》、《我的老師羅蘭・巴特》（合譯）、《說書人和他的閱讀處方箋》（合譯）、《版畫，狂想》（合譯）。交流信箱：irisimile@gmail.com

名詞審校｜翁稷安

歷史學學徒，國立暨南大學歷史系助理教授。專長為中國近現代思想文化史、大眾史學和漫畫研究。經營 PODCAST「大衛鮑魚在火星」：www.facebook.com/DavidBowfish